村上春樹

四月のある晴れた朝に100パーセントの女の子に出会うことについて

絵 高妍

新潮社

Contents

四月のある晴れた朝に
100パーセントの女の子に
出会うことについて

四月のある晴れた朝、原宿の裏通りで僕は１００パーセントの女の子とすれ違う。

正直言ってそれほど綺麗な女の子ではない。人目を惹くところがあるわけでもない。髪の後ろの方にはしつこい寝癖がついたままだし、歳だってそんなに若くはない。厳密にいえば女の子とも呼べないかもしれない。しかしそれにもかかわらず、50メートルも先から僕にはちゃんとわかっていた。彼女は僕にとっての１００パーセントの女の子なのだ。彼女の姿を目にした瞬間から僕の胸は激しく震え、口の中は砂漠みたいに乾いてしまう。

あるいはあなたには好みの女の子のタイプがあるかもしれない。たとえば足首の細い女の子が好きだとか、絶対に指の綺麗な女の子が良いとか、よくわからないけれどなぜかゆっくり時間をかけて食事をする女の子に惹かれるとか……。僕にだってもちろん好みはある。レストランで食事をしながら、隣りのテーブルに座った女の子の鼻の形に見とれたりすることもある。

しかし100パーセントの女の子をひとつのタイプにあてはめることなんて誰にもできない。彼女の鼻がどんな格好をしていたかなんて、僕には絶対に思い出せない。いや、鼻があったのかどうかさえうまく思い出せない。

「昨日100パーセントの女の子と道ですれ違ったんだ」と僕は友だちに言う。

「ふうん」と彼は答える。「美人だったのかい？」

「いや、そういうわけでもないんだ」

「でもまあおまえの好みのタイプだったんだな」

「それが思い出せないんだ。どんな目をしていたか、どんな口をしていたか、まるで何も覚えていない」

「それで」と彼は退屈そうに言った。「何かしたのかい、声をかけるとか、あとをついていくとかさ」

「何もしない」と僕は言った。「ただすれ違っただけさ」

彼女は東から西へ、僕は西から東に向けて歩いていた。とても気持ち

Flower
Hana

CAFE
Hana

の良い四月の朝だ。

たとえ三十分でもいいから彼女と話をしてみたいと僕は思う。彼女の身の上を聞いてみたいし、僕の身の上を打ち明けてもみたい。そして何よりも、一九八一年の四月のある晴れた朝に、我々が原宿の裏通りですれ違うに至った運命の経緯のようなものを解き明かしてみたいと思う。きっとそこには、平和な時代の古い機械のような温かい秘密が充ちているに違いない。

僕と彼女のあいだの距離はもう15メートルばかりに近づいている。

さて、僕はいったいどんな風に彼女に話しかければいいのだろう？

「こんにちは。ほんの三十分でいいんだけれど僕と話をしてくれませんか？」

これはあまりにも馬鹿げている。まるで保険の勧誘みたいだ。

「すみません、このあたりに二十四時間営業のコイン・ランドリーってありますか?」

これも同じくらい馬鹿げている。だいいち僕は洗濯物の袋さえ持ってはいない。

あるいは正直に切り出した方がいいのかもしれない。「こんにちは。あなたは僕にとって100パーセントの女の子なんですよ」

いや駄目だ、彼女はおそらくそんな科白を信じてはくれないだろう。それにもし信じてくれたとしても、彼女はこう言うかもしれない。「あなたにとって私が100パーセントの女の子だとしても、私にとってあなたは100パーセントの男の子じゃないのよ、申し訳ないけれど」と。それは十分ありうることだ。もしそんなことになったら、きっと僕はどうしようもなく混乱してしまうに違いない。そのショックからもう二度

と立ち直れないかもしれない。

花屋の店先で、僕は言葉をみつけられないまま彼女とすれ違う。温かい小さな空気の塊りが僕の肌に触れる。アスファルトの舗道には水が撒かれ、あたりにはバラの花の匂いが漂っている。彼女は白いセーターを着て、まだ切手の貼られていない白い角封筒を右手に持っている。彼女は誰かに手紙を書いたのだ。ひどく眠そうな目をしていたから、あるいは一晩かけてそれを書き上げたのかもしれない。そしてその角封筒の中には彼女についての秘密の全てが収まっているのかもしれない。

何歩か歩いてから振り返った時、彼女の姿は既に人混みの中に消えていた。

＊

もちろん今では、その時彼女に向かってどんな風に話しかけるべきであったのか、僕にはちゃんとわかっている。しかし何にしてもあまりに長い科白だから、きっと上手くはしゃべれなかったに違いない。僕が思いつくことはどれもあまり実用的ではないのだ。
とにかくその科白は「昔々」で始まり、「悲しい話だと思いませんか」

で終わる。

＊

昔々、あるところに少年と少女がいた。少年は十八歳で、少女は十六歳だった。たいしてハンサムな少年でもないし、たいして綺麗な少女でもない。どこにでもいる孤独で平凡な少年と少女だ。でも彼らは、この世の中のどこかには100パーセント自分にぴったりの少女と少年がいるに違いないと固く信じていた。そう、彼らは奇跡を信じていたのだ。そして奇跡はちゃんと起こった。

ある日二人は街角でばったりめぐり会うことになる。

「驚いたな、僕はずっと君を捜していたんだ。信じてくれないかもしれ

ないけれど、君は僕にとって100パーセントの女の子なんだよ」と少年は少女に言う。

少女は少年に言う。「あなたこそ私にとって100パーセントの男の子なのよ。何から何まで私の想像していたとおり。まるで夢みたいだわ」

二人は公園のベンチに座り、互いの手を取り、いつまでも飽きることなく語りつづける。二人はもう孤独ではない。彼らは100パーセント相手を求め、100パーセント相手から求められている。100パーセント相手を求め、100パーセント相手から求められるというのは、なんと素晴らしいことなのだろう。

しかし二人の心をわずかな、ほんのわずかな疑念が横切る。こんなに簡単に夢が実現してしまって良いのだろうか、と。

会話がふと途切れた時、少年がこう言う。

「ねえ、もう一度だけ試してみよう。もし僕ら二人が本当に100パーセントの恋人同士だったとしたら、今別れても、いつか必ずどこかでまためぐり会えるに違いない。そしてこの次にめぐり会った時に、やはりお互いが100パーセントだったなら、そこですぐに結婚しよう。いいかい？」

「いいわ」と少女は言った。

そして二人は別れた。西と東に。

しかし本当のことを言えば、試してみる必要なんてなかったのだ。そんなことはするべきではなかった。何故なら彼らは正真正銘、100パーセントの恋人同士だったのだから。それはまさに奇跡的な出来事だったのだから。でも二人はあまりにも若くて、そんなことは知るべくもなかった。そしておきまりの非情な運命の波が二人を翻弄することになる。

ある年の冬、二人はその年に流行った悪性のインフルエンザにかかり、何週間も生死の境をさまよった末に、昔の記憶をすっかり失くしてしまったのだ。なんということだろう、意識が戻った時、彼らの頭の中は、冬眠の途中で目がさめてしまった熊の胃袋みたいに、まったくの空っぽになっていた。

しかし二人は賢くて我慢強い少年と少女だったから、努力に努力をかさね、再び新しい知識や感情を身につけ、立派に社会に復帰することができた。彼らはちゃんと地下鉄を乗り換えたり、郵便局で速達を出したりできるようにもなった。そして75パーセントの恋愛や、85パーセントの恋愛を経験したりもした。

そのように少年は三十二歳になり、少女は三十歳になった。時は驚くべき速度で過ぎ去っていった。

そして、四月のある晴れた朝、かつての少年はモーニング・サービスのコーヒーを飲むために原宿の裏通りを西から東へと向い、かつての少女は速達用の切手を買うために同じ通りを東から西へと向う。二人は通りのまん中ですれ違う。失われた記憶の微かな光が、二人の心を一瞬照らし出す。彼らの胸は震える。そして彼らは知る。

彼女は僕にとっての100パーセントの女の子なんだ。

彼は私にとっての100パーセントの男の子だわ。

しかし彼らの記憶の光は余りにも弱く、彼らのことばはもう十四年前ほど澄んではいない。二人はそのままことばもなくすれ違い、人混みの中へと消えてしまう。永遠に。

悲しい話だと思いませんか。

*

そうなんだ、僕はあのとき彼女にそんな風に語りかけるべきだったのだ。

鏡

さっきからずっとみんなの体験談を聞いてると、こういう話にはいくつかのパターンがあるんじゃないかって気がしてきた。まずひとつはこちらに生の世界があって、あちらに死の世界があって、それが何かの作用によってどこかで交叉するっていうタイプの話だ。たとえば幽霊とか、そういうの。それからもうひとつは三次元的な常識を超えたある種の現象や能力が存在するって話だ。つまり予知とか虫の知らせとかね。だいたいそのふたつに分類できると思うんだ。

で、そういったのを総合してみると、みんなどちらか一方だけを集中して経験しているみたいだ。つまりさ、しばしば幽霊を見ている人は虫の知らせを感じることはまずないみたいだし、逆に虫の知らせをよく体験する人は幽霊って見ないんだね。どうしてかはよくわからないけれど、そういう個人的な傾向があるみたいだ。

もちろんどちらでもないって人もいる。たとえば僕がそうだ。僕は生まれてからこの方幽霊なんて一度も見たことがない。予知夢とか虫の知らせとか、そういうのを経験したこともない。彩りの乏しい人生だと言ってもいいだろう。

でも僕にも一度だけ、たった一度だけ、心の底から怖いと思ったことがある。もうずいぶん昔の話なんだけど、これまで誰にも話したことはない。口に出しちゃうと同じようなことがまた起こるんじゃないかって

気がしてね、だからずっと黙ってた。でも今夜はみんなが順番にこうしてそれぞれ怖い体験談を聞かせてくれたわけだし、主人《ホスト》である僕が最後に何も話さずに場を閉じるというわけにもいかない。だから思い切って話してみることにする。

いや、いいよ、拍手はよしてくれよ。そんなたいした話でもないんだからさ。

前にも言ったように幽霊も出てこないし、超能力もない。僕が思っているほど怖い話じゃなくて、なんだというようなことになっちゃうかもしれない。

僕が高校を出たのは六〇年代末の例の一連の紛争の頃だった。僕もまあそんな波に呑みこまれた一人で、大学に進むことを拒否して、何年間か肉体労働をしながら日本中をさまよってたんだ。そういうのが正しい生き方だと思ってた。ま、若気のいたりというかね。でも今から考えてみればそれなりに楽しい生活だったよ。

放浪の二年めの秋に、僕はちょっとしたいきがかりで二ヵ月ばかり中学校の夜警のアルバイトをすることになった。新潟の小さな町のある中学校さ。なにしろ夜警ってのは楽なんだよ。昼間はぶらぶら好きなことをして、夜中に校舎全体を二回見回ればいいだけだからね。夜中に学校で一人きりというのは悪くなかったね。いや、ちっとも怖くなんてないさ。だって十八、十九の頃なんてまったく怖いもの知らずだもんね。

校舎の見回りは午後の九時と午前の三時に一回ずつやる。見回るチェック・ポイントは二十くらいあって、歩いてひとつひとつそれを確かめ、ボールペンでOKサインを用紙に書き込むんだ。職員室——OK、実験室――OK、てぐあいにね。もちろん宿直室に寝転んだままOK、OKって書いちゃうこともできる。でもそこまで手は抜かなかったよ。というのは見回ったってまあたいした手間ではないし、それに変なのがしのびこんでたりしたら、寝込みを襲われるのはこちらだものね。

で、九時と三時に僕は大型の懐中電灯と木刀を持って校内をまわる。左手に懐中電灯、右手に木刀だよ。僕は高校時代剣道をやっていたから腕には自信があった。

それは十月の初めの風の強い夜だった。寒くはなかった。どちらかというとむし暑いくらいの気候だった。夕方ごろからやけに蚊が多くてね。もう秋だというのに蚊取線香を二つ点けてたのを覚えてるよ。ずうっと風が音を立てていた。ちょうどプールの仕切り戸が壊れていて、これが風にあおられてばたんばたんとうるさかった。

九時に見回った時には何も起こらなかった。二十のチェック・ポイントは全部OKだった。鍵はしっかりかかっているし、何もかもちゃんとあるべき場所にあった。僕は宿直室に戻って目覚まし時計を三時にあわせてぐっすり眠った。

三時に時計のベルが鳴った時、なんだかすごく変な気がした。うまく説明できないんだけれど、実に変な気分なんだよ。具体的に言うとね、起きたくないわけさ。起きようとする僕の意志を、体がぐいと押しとどめてるような感じだった。でもとにかく無理に起きあがって、見回りの仕度をした。あいかわらずばたんばたんていう仕切り戸の音がつづいていた。でもね、その音が何かしらさっきとは違うような気がするんだよ。気のせいと言われればそれまでだけど、響きがうまく体に馴染まない。嫌だな、見回りたくないな、と思った。でもやはり意を決して行くこと

にした。だってそういうのって一度ごまかすと、その先何度もごまかすことになるからね。僕は懐中電灯と木刀を持って宿直室を出た。

嫌な夜だった。風はますます強くなり、空気はますます湿っぽくなっていた。肌がちくちくして、気持がうまく集中できないんだ。まず最初に体育館と給食室とプールを片づけた。どれもOKだった。戸は頭のおかしい人間が首を振ったり肯いたりするみたいな感じでばたんばたん開いたり閉じたりしていた。

校舎の中もべつに異常はなかった。ざっと見回って用紙のチェック・ポイントに全部OKサインを書き込んだ。結局何も起こらなかった。それで僕はほっとして部屋に戻ろうと思った。最後のチェック・ポイントがボイラー・ルームで、これは校舎の東端にある。一方、宿直室は西端にある。だからいつも僕は一階の長い廊下を歩いて宿直室に戻ることに

新刊案内

2025

2月に出る本

Ⓢ 新潮社
https://www.shinchosha.co.jp

猫の刻参り 三島屋変調百物語拾之続

宮部みゆき

化け猫、河童、山姥——江戸は三島屋の次男坊富次郎は変わり百物語の聞き手。狂気に塗れた苦界を生き抜く女と化生が織りなす怪奇譚。

375016-1
2月19日発売
●2530円

逃亡者は北へ向かう

柚月裕子

男の人生を狂わせたのは未曾有の天災か、一通の手紙か——。震災直後に姿を消した殺人犯を追う震災クライムサスペンス！

356131-6
2月27日発売
●2090円

四月のある晴れた朝に100パーセントの女の子に出会うことについて

村上春樹
高妍・絵

100パーセントの恋人たちへ……村上春樹と台湾の若手イラストレーターによるピクチャー・ブック誕生！　世界中で愛読される短編2編がこの一冊に。

353438-9
2月27日発売
●1870円

■とんぼの本

21世紀のための三島由紀夫入門

「昭和」と歩んだ三島由紀夫の作品と人生は、今どう読まれ得るか。作家と深く交信してきた人たちによる入門書、最新版にして決定版！

平野啓一郎
井上隆史
芸術新潮編集部［編］

602308-8
2月27日発売
●2530円

ご注文について

・表示価格は消費税（10％）を含む定価です。
・ご注文はなるべく、お近くの書店にお願いいたします。
・直接小社にご注文の場合は新潮社読者係へ
電話／0120・468・465
（フリーダイヤル・午前10時～午後5時・平日のみ）
ファックス／0120・493・746
・本体価格の合計が1000円以上から承ります。
・発送費は、1回のご注文につき210円（税込）です。
・本体価格の合計が5000円以上の場合、発送費は無料です。

読書人の雑誌
波
月刊／A5判

・直接定期購読を承っています。
お申込みは、新潮社雑誌定期購読「波」係まで
電話／0120・323・900（フリーコール）
（午前9時半～午後5時・平日のみ）
購読料金（税込・送料小社負担）
1年／1200円
3年／3000円
※お届け開始号は現在発売中の号の、次の号からになります。

●著者名左の数字は、書名コードとチェック・デジットです。ISBNの出版社コードは978-4-10です。
●記載の内容は変更になる可能性があります。

新潮社 住所／〒162-8711 東京都新宿区矢来町71 電話／03・3266・5111

新潮社
ホームページ

灼熱

葉真中 顕

【渡辺淳一文学賞】

105681-4

終戦後、ブラジルの日本人の間で流血をともなう抗争が起きた。フェイクニュース、分断と憎悪そして殺人。圧巻の群像劇。

●1265円

擬傷の鳥はつかまらない

荻堂 顕

【新潮ミステリー大賞】

105741-5

少女の飛び降りをきっかけに、壮絶な騙し合いが始まる。そして明かされる驚愕の真実。若き鬼才が放つ衝撃のクライムミステリ！

●990円

プリンシパル

長浦 京

小暮写眞館（上・下）

【新装版】

宮部みゆき

136949-5.50-1

閉店した写真館で暮らす高校生の英一は、奇妙な写真の謎を解く羽目に。映し出された人の〈想い〉を辿る、心温まる長編ミステリ。

●上・935円／下・1045円

母親になって後悔してる

オルナ・ドーナト　鹿田昌美［訳］

240741-7

子どもを愛している。けれど母ではない人生を願う。存在しないものとされてきた思いを丁寧に掬い、世界各国で大反響を呼んだ一冊。

●1045円

ナルニア国物語4

銀のいすと地底の国

なる。もちろんまっ暗だよ。月が出ていれば少しは明かりが入ってくるけど、そうでなきゃまるで何も見えない。その夜は台風が近くて、もちろん月なんて出てなかった。ほんの時たま雲が切れても、すぐにまたまっ暗になってしまう。

その夜はいつもより急ぎ足で廊下を歩いた。バスケット・ボール・シューズのゴム底がリノリウムの上でシャキッ、シャキッって音を立てた。苔がはえたみたいなくすんだ緑色のリノリウムだった。今でもその色をよく覚えてるよ。

その廊下のまん中あたりに学校の玄関があるんだけど、そこを通り過ぎた時に突然「あれ!」って感じがしたんだ。暗闇の中に何かの姿が見えたような気がした。わきの下がひやっとした。僕は木刀を握りなおして、そちらに向きなおった。そして懐中電灯の光をそこに投げかけた。

下駄箱の横の壁あたりだ。

そこには僕がいた。つまり――鏡さ。なんてことはない、そこに僕の姿が映っていただけなんだ。昨日の夜まではそんなところに鏡なんてなかったはずなのに、いつの間にか新しくとりつけられていたんだな。それで僕はびっくりしちゃったわけさ。全身が映る縦長の大きな鏡だった。僕はほっとすると少し恥ずかしくなった。なんだ、くだらない、と思った。それで鏡の前に立ったまま懐中電灯を下に置き、ポケットから煙草を出して火をつけた。そして鏡に映った自分の姿を眺めながら一服した。窓からほんの少しだけ街灯の光が入ってきて、その光は鏡の中にも及んでいた。背中の方からはばたんばたんっていうプールの仕切り戸の音が聞こえた。

煙草を三回くらいふかしたあとで、急に奇妙なことに気づいた。つまり、鏡の中の像は僕じゃないんだ。いや、外見はすっかり僕なんだよ。それは間違いない。でも、それは絶対に僕じゃないんだ。僕にはそれが本能的にわかった。いや、違うな、正確に言えばそれはもちろん僕なんだ。でもそれは僕以外の僕なんだ。それは僕がそうあるべきではない形での僕なんだ。

うまく言えないな。この感じを他人に言葉で説明するのはすごく難しい。

でもその時ただひとつ僕に理解できたのは、相手が心の底から僕を憎んでいるってことだった。それはまるでまっ暗な海に浮かんだ固い氷山のような憎しみだった。誰にも癒すことのできない憎しみだ。僕にはそれだけを理解することができた。

僕はそこにしばらくのあいだ立ちすくんでいた。煙草が指のあいだから床に落ちた。鏡の中の煙草もやはり床に落ちた。我々は同じように、お互いの姿を見つめていた。僕の体はまるで金しばりにあったみたいに動かなかった。

やがて奴の方の手が動き出した。右手の指先がゆっくりと顎に触れ、それから少しずつ、まるで虫が這うみたいに顔をあがっていった。気がつくと僕も同じことをしていた。まるで僕の方が鏡の中の像であるみたいにさ。

僕はその時、最後の力をふりしぼって大声を出した。「うおう」とか「ぐおう」とか、そういう声だよ。それで金しばりがほんの少しゆるんだ。それから僕は鏡に向って木刀を思い切り投げつけた。鏡の割れる音がした。僕は後も見ずに走って部屋に駆けこみ、ドアに鍵をかけて布団をかぶった。玄関の床に落としてきた火のついた煙草のことが気になっ

CLOSED

た。でももう一度そこに戻ることなんてとてもできない。風はずっと吹いていた。プールの仕切り戸の音は夜明け前までばたんばたんと鳴り続けていた。

こういう話の結末ってたぶんわかると思うんだけれど、もちろん鏡なんてはじめからなかったよ。

太陽が昇る頃には嵐はもう去っていた。風もやんで、太陽が暖かいくっきりとした光を投げかけていた。僕は玄関に行ってみた。そこには煙草の吸殻が落ちていた。木刀も落ちていた。でも鏡はなかった。そんなのもともとなかったんだよ。玄関の下駄箱のわきに鏡がついたことなんて一度もなかったんだ。

というわけで、僕は幽霊なんて見なかった。僕が見たのは——そう、ただの僕自身さ。でもあの夜味わった恐怖だけはいまだに忘れることができない。そしていつもこう思うんだ。人間にとって、自分自身以上に怖いものがこの世にあるだろうかってね。

ところで君たちはこの家に鏡が一枚もないことに気づいたかな。鏡を見ないで髭が剃れるようになるには、結構時間がかかるんだよ、本当の話。

あとがき

村上春樹

　ここに収められた「四月のある晴れた朝に100パーセントの女の子に出会うことについて」と「鏡」は僕が小説家になってまだ間もない頃――かれこれ四十年くらい昔のことになるが――に書いた、最も初期の作品のひとつ（ふたつ）だ。短めの長編小説『風の歌を聴け』で作家デビューをして、続けて『1973年のピンボール』を発表して、それから『中国行きのスロウ・ボート』という初めての短編小説集を出し、その次に今度は徹底的に短い話をまとめていくつか書いてみようと思った。僕としては、自分にどんな仕事ができるか（あるいはできないか）、その領域を把握するためにも、様々なフォーマットでフィクションを書く作業を試してみたかったのだ。

　そのようにしてできあがった一連の「短い話」の中にはけっこう気に入って

いるものもあるし、もうひとつ満足のいかないものもある（今の時点から見れば、満足のいかないものの方が多いようだ）。しかし、怖いもの知らずの駆け出しの作家として、身体のいろんな部分の筋肉を、良くも悪くも大胆に動かすことによって、僕は多くのものごとを学び取ることができたのではないかと思う。まあそれはそれとして、どの作品も一筆書きみたいにすらすらと、楽しみながら書き上げてしまったと記憶している。

ここに収めた「四月のある晴れた朝に100パーセントの女の子に出会うことについて」と「鏡」、それから「とんがり焼の盛衰」などの「超短編」は、今でも比較的気に入っている作品で、朗読会なんかでしばしば読ませてもらっている。とにかく短いことと、話の運びにめりはりがあること、そのへんが朗読に向いている理由だ。とくに「四月のある晴れた朝に……」は人気があって、「この作品がとりわけ好きだ」と言われることが多い。日本に限らず、外国でもこの作品を好む人は多いようで、自主映画みたいなものも含めて何度も短編映画化されている。この話がそのように読者の広い共感を呼ぶのは、おそらく誰の人生にもこれと似たような経験があるからではないだろうか、と僕は推測している。
「鏡」は「怪談（みたいなもの）を書いてみたい」という欲求に駆られて書いた。僕はけっこう怖がりのくせに、怪談ものの小説や映画が昔から好きなのだ。怖いとか、切ないとか、おかしいとか、腹が立つとか、とにかくいろんなかたちで読者の感情をナマに揺さぶりたいというのが、作家としての僕の基本的な思いであり、その思いは今に至るまでもまったく変わっていない。文章の力で読者の感情を揺さぶることができないとしたら、小説を書くこと、物語を語ることの意味なんてないじゃないか、と。

そんなわけで今回、とくべつにこの二つの作品を選び、文章に若干の手を入れ、独立した本として出版することになった。そして高妍さんの絵を加えた。高妍さんは台湾出身の、才能ある若い女性イラストレーターで、僕はその画風が気に入って、『猫を棄てる　父親について語るとき』という本でも絵をつけてもらった。彼女の美しく丁寧な挿画を得て、このささやかな二作品が新たな生命を持ち、また新たな読者に巡り会えることを期待している。

あとがき

高妍

「みんな、村上春樹を知ってる？　『四月のある晴れた朝に100パーセントの女の子に出会うことについて』を書いた、あの村上春樹だよ！」

　2007年、小学6年生だった私が〝村上春樹〟に出会った瞬間です。担任の先生が授業でこの作品を配り、村上さんの魅力について熱心に語ってくれました。当時11歳の私には難しい内容でしたが、先生の、まるで宝物を見つけた子供のように輝いていた目は、今でも忘れられません。

　〝村上春樹〟という名前は台湾でも広く知られており、平凡な小学生だった私でさえも耳にしていました。しかし、私が本当に村上さんの作品に強く惹かれたのは、19歳の時です。芸術大学に進学した私は、台湾のライブハウス〝海邊《うみべ》的《の》卡夫卡《カフカ》〟で、彼の作品に再び出会いました。『ノルウェイの森』『海辺のカフカ』を皮切りに、長編小説、短編集、エッセイ、絵本など……彼の文章、物語、〝夢と現実の交差点〟のような世界観に深く魅了され、読み耽りました。通学中や退屈な授業中、食事中、寝る前など、いつでも私の手のひらには村上さんの本がありました。

大学卒業後、駆け出しのイラストレーター・漫画家として活動していた23歳の私が初めていただいた装画の仕事は、村上さんの作品『猫を棄てる　父親について語るとき』でした。これは運命……いや、愛の奇跡でしょうか？　その出来事は、絵のことだけを考えて、必死に絵を描き続けてきた私にとって、夢にも思わない光栄な機会でした。人生で一度きりの出会いだと思い、ひとつひとつの線に心を込めて絵を描きました。数年後、再び村上さんとのご縁をいただけるなんて、やはり夢にも思っていなかったのです。

「四月のある晴れた朝に100パーセントの女の子に出会うことについて」と「鏡」のイラスト制作にあたって、何度も作品を読み返しました。17年前に初めて村上さんを知った小学6年生の〝あの子〟とは違い、今の私は、村上さんの作品の素晴らしさを理解したうえで、絵を通じて皆さんと共有することを望む大人（クリエイター）へと成長していました。そして、深い敬意と作品への愛を込めて、20枚のイラストを描きました。制作期間中、私の耳には、敬愛する音楽家・細野晴臣さんの１９８４年のＥＰ『花に水』が流れていました。その中に収録された2曲は、本書の世界観と驚くほど調和しているように感じます。皆さんもぜひ『花に水』を聴きながら、もう一度物語の世界へ足を踏み入れていただけたら幸いです。

最後に、私の青い感性を信じ、自由に表現させてくださった村上さん、編集の寺島さん、デザイナーの黒田さん、そして本書の制作に携わってくださった方々に感謝いたします。本書を通じて、読者の皆さんと出会えたことは、私にとって何よりの幸せです。

四月《しがつ》のある晴《は》れた朝《あさ》に100パーセントの女《おんな》の子《こ》に出会《であ》うことについて

著者　村上春樹《むらかみはるき》
絵　高妍《がおいぇん》

発行　二〇二五年二月二五日

本書に収録した二編は、『カンガルー日和』（一九八三年九月、平凡社刊）を底本とし、著者が改稿を行った。

発行者　佐藤隆信
発行所　株式会社新潮社
〒一六二―八七一一
東京都新宿区矢来町七一
電話
編集部〇三（三二六六）五四一一
読者係〇三（三二六六）五一一一
https://www.shinchosha.co.jp
装幀　新潮社装幀室
印刷所　半七写真印刷工業株式会社
製本所　加藤製本株式会社

ISBN978-4-10-353438-9 C0093